AF482724

Lord Byron

Manfred

e-artnow 2018

Prosper Mérimée
Lokis

Jeremias Gotthelf
Die schwarze Spinne (Horror-Klassiker)

Horace Walpole
Das Schloss von Otranto (Ein Gothic Klassiker)

Alfred Schirokauer
Lord Byron - Der Roman einer leidenschaftlichen Jugend

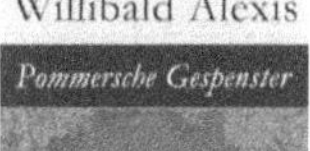

Willibald Alexis
Pommersche Gespenster

Lord Byron

Manfred

e-artnow, 2018
Contact: info@e-artnow.org

ISBN 978-80-268-8935-9

Inhaltsverzeichnis

(Manfred)

Es giebt mehr Ding' im Himmel und auf Erden,
  Als eure Schulweisheit sich träumt, Horatio.

Personen:

Manfred.

Der Gemsjäger.

Der Abt zu St. Moritz.

Manuel.

Hermann.

Die Alpenfrau.

Ariman.

Nemesis.

Die Schicksale.

Geister.

Die Scene ist in den Oberalpen, theils in Manfreds Schlosse, theils im Gebirge.

Erster Act.

Erste Scene.

Eine gothische Gallerie. Mitternacht. Manfred allein.

MANFRED.

Die Lamp' ist aufzufüllen, doch selbst dann Brennt sie so lang nicht, wie ich wachen muß: Mein Schlummer – wenn ich schlummre – ist kein Schlaf, Fortsetzung nur rastlosen Denkens, dem Ich dann nicht widerstehen kann; mein Herz Bleibt wachsam, und mein Auge schließt sich nur, Inwärts zu schaun; und dennoch leb' und trag' ich Noch Antlitz und Gestalt lebend'ger Menschen.

Doch Gram soll ja des Weisen Lehrer sein: Leiden ist Wissen: wer am meisten weiß, Beklagt am tiefsten die unsel'ge Wahrheit: Der Baum des Wissens ist kein Baum des Lebens.

Philosophie und Forschung und die Quellen Der Wunder und die Weisheit dieser Welt Hab' ich versucht und fühl' in meinem Geist Die Macht ihm diese unterthan zu machen, – Sie helfen nichts. Ich that den Menschen Gutes, Und Gutes widerfuhr mir selbst von Menschen, – Es half mir nichts. Ich hatte meine Feinde, Doch keiner siegte, mancher fiel vor mir, – Es half nichts. Gutes oder Schlimmes, Leben, Kraft, Triebe, alles, was ich seh' in Andern,

Es war für mich wie Regen für den Sand – Seit jener ewig namenlosen Stunde!

Ich habe keine Furcht und fühl' als Fluch, Daß ich das Grauen der Natur nicht kenne, Noch wilden Puls der Wünsch' und Hoffnungen, Noch glimmende Liebe für ein irdisch Gut. – Jetzt an mein Werk! – Geheimnißvolle Mächte!

Geister des unbegrenzten Weltenalls, Die ich gesucht in Finsterniß und Licht, – Ihr, die ihr lebt in feinrem Element, Die Erd' umfangend, – ihr, für die der Kamm Unnahbarer Gebirge Wohnung ist Und Schlünd' in Erd' und Meer vertraute Stätten, – Euch ruf' ich an bei dem geschriebnen Zauber, Der mir Gewalt giebt über euch: Erscheint!

Pause.

Sie kommen nicht. – Wohl, bei der Stimme deß, Der euer Größter ist, bei diesem Zeichen, Vor dem ihr zittert, bei dem Anrecht deß, Der ohne Tod ist, – auf, erscheint! erscheint!

Pause.

Ha, steht es so? – Geister der Erd' und Luft!

Nicht so entschlüpft ihr mir. Bei einer Macht, Tiefer als alle, die ich noch beschwor, Bei einem unentrinnbar'n Talisman, Deß Heimat ein vermaledeiter Stern ist, Das Flammenwrack vom Schiffbruch einer Welt, Ein irrend Höllenreich im ew'gen Raum, – Bei jenem starken Fluch, der auf mir liegt, Bei dem Gedanken in mir, um mich her, Zwing' ich euch meinem Willen. – Auf, erscheint!

Ein Stern erscheint an dem dunkleren Ende der Gallerie; er bleibt unbewegt, und eine singende Stimme ertönt.

ERSTER GEIST.

Sterblicher! auf deinen Ruf Kam ich aus dem Wolkensaale, Den der Abendhauch erschuf, Goldenrot vom Sonnenstrahle, Aus Azur und aus Karmin Mir gewölbt zum Baldachin.

Nicht vor deinem Drohn erbebt' ich, Doch dem Bann gehorsam schwebt' ich Auf dem Sternenstrahl hieher; Sterblicher! – sag' dein Begehr!

STIMME DES ZWEITEN GEISTES.

Montblanc ist der König der Berge; Er trug um die Stirne von je, Auf dem Thron von Granit und im Wolkentalar, Diademe von leuchtendem Schnee.

Um die Hüften geschnallt trägt er den Wald; Er hält die Lawin' in der Hand, – Doch mitten im Fall, den donnernden Ball, Hält ihn mein Wille gebannt.

Der kalte Gletscher rastlos reist Vorwärts von Tag zu Tag; Ich bin es, der ihn wandern heißt Und der ihn hemmen mag.

Ich bin der Geist, der ihn umschwebt; Die Alpe beugt sich mir; Der Schooß des Bergs vor mir erbebt, – Und was soll ich bei dir?

STIMME DES DRITTEN GEISTES.

In der blauen Wassertiefe, Wo die Woge nie sich hebt, Wo die Winde ewig fremd sind, Wo die Meeresschlange lebt, Wo die Seejungfrau ihr Schilfhaar Schmückt mit bunter Muschelpracht, Scholl das Echo deiner Zauber, Wie hier oben Donner kracht.

Durch mein still Korallenschloß hin Klang der Hall des Talismans; Wohl, – enthülle deine Wünsche Vor dem Geist des Oceans!

VIERTER GEIST.

Wo das Erdbeben schlummert Auf feurigem Pfühl, Wo die Pechseen brodeln Qualmig und schwül; Wo die Wurzel der Anden Tief abwärts sich streckt, Wie droben ihr Gipfel Gen Himmel sich reckt; – Da verließ ich die Heimat, Als du mich bedroht; Dein Zauber bezwang mich; Dein Wunsch ist Gebot.

FÜNFTER GEIST.

Mein Roß ist der Wind, und mit flüchtiger Faust Jag' ich die Wolken im Kreis; Der Orkan, an dem ich vorübergesaust, Ist noch von Blitzen heiß.

Zu dir, hieher, über Land und Meer Bin ich im Sturm gejagt; Stolz segelte noch das Geschwader, und doch Versinkt es, bevor es noch tagt.

SECHSTER GEIST.

Da wo ich haus', ist Nacht und Dunkel dicht, Weswegen quält dein Zauber mich mit Licht?

SIEBENTER GEIST.

Den Stern, der dein Verhängniß bannt, Regiert' ich, eh' die Erd' entstand; Und eine Welt war's, frisch und hold, Wie sie um Sonnen je gerollt; Frei war sein Lauf und sicher, kaum Ein schönrer Stern im ganzen Raum.

Die Stunde kam, – und sieh, er ward Ein Flammenknäul formloser Art, Ein irrender Komet, ein Ball Des Fluchs und Schreckens für das All, Hinrollend durch ureignen Stoß,

Ohn' eine Bahn und sphärenlos, Ein glänzend Scheusal jener Welt, Ein Ungethüm am Himmelszelt.

Und du, regiert von diesem Stern, Wurm! dem ich dienen muß als Herrn, Gezwungen durch erborgte Macht, Die dich dereinst mein eigen macht, Für kurze Frist herabzusteigen, Wo schwächre Geister dir sich neigen, Rede zu stehen, Schwächling, dir, – Was willst du, Kind des Staubs, von mir?

DIE SIEBEN GEISTER.

Luft, Erd' und Meer, Nacht, Wind, Gebirg, dein Stern Beugen vor dir, o Kind des Staubes, sich.

Dich nennen ihre Geister ihren Herrn: Was willst du, Sohn von Erdgebornen? – sprich!

MANFRED.

Vergessenheit!

ERSTER GEIST.

Wofür? – worin? – warum?

MANFRED.

Dessen, was in mir ist! – da drinnen lest es!

Ihr kennt's, und ich vermag es nicht zu sagen.

GEIST.

Wir können dir nur unser Eignes geben.

Heisch' Unterthanen, Throne, Macht auf Erden, Im Ganzen oder Theile, heisch' ein Pfand, Das jene Elemente zwingt, davon Wir die Gebieter sind, und all und jedes, Es werde dein.

MANFRED.

Vergessen! Selbstvergessen!

Könnt ihr abtrotzen nicht den dunklen Reichen, Die ihr verschwenderisch preisgebt, was ich heische?

GEIST.

Nicht liegt's in unsrem Wesen, unsrer Macht; Doch – du kannst sterben.

MANFRED.

Wird der Tod mir's geben?

GEIST.

Wir sind unsterblich und vergessen nicht, Sind ewig, und Vergangenheit wie Zukunft Ist Gegenwart für uns. Genügt die Antwort?

MANFRED.

Ihr höhnt mich. – Doch die Macht, die euch beschwor, Giebt euch mir eigen. Sklaven, trotzet nicht!

Der Geist, die Seele, der Prometheusfunke, Der Blitzstrahl meines Wesens ist so hell, Durchdringend, fernhintreffend, wie der eure, Und weicht euch nicht, obschon geklemmt in Staub.

Antwortet oder fühlet, was ich bin!

GEIST.

Die Antwort ist, was unsre Antwort war: Sie liegt in deinem eignen Wort.

MANFRED.

Wie das?

GEIST.

Wenn, wie du sagst, dein Wesen ist wie unsres, So hast du dies zur Antwort: was der Mensch Tod nennt, hat nichts mit unsrem Sein zu schaffen.

MANFRED.

So rief ich euch umsonst aus euren Reichen?

Ihr könnt nicht helfen, oder wollt nicht.

GEIST.

Rede!

Wir bieten, was wir haben; es ist dein.

Bedenk' dich, ehe du uns fortschickst, – fordre – Herrschaft und Macht und Stärk' und lange Tage.

MANFRED.

Fluch über euch! – was helfen lange Tage?

Sie währen schon zu lang. – Hinweg! verschwindet!

GEIST.

Noch halt! – wir möchten dir zu Willen sein.

Bedenk'! Ist keine Gab' in unsrer Macht, Die nicht ganz wertlos ist vor deinen Augen?

MANFRED.

Nein, nichts! – Doch halt! – Für einen Augenblick Säh' ich von Angesicht euch gern. Ich höre Wohl eure Stimme, schwermutsüße Klänge, Wie Wohllaut auf den Wassern, und ich sehe Still vor mir einen lichten, großen Stern, Sonst aber nichts. Erscheint mir, wie ihr seid, All' oder Einer, in gewohnter Form.

GEIST.

Das Element ist unsre einz'ge Form, Von welchem wir die Seel' und Wesen sind.

Doch wähle selbst, wie wir erscheinen sollen.

MANFRED.

Ich habe keine Wahl. Für mich ist nichts Auf Erden häßlich oder schön. Laßt ihn, Der euer Erster ist, ein Antlitz wählen, Wie ihm am besten dünkt. – Er komme!

Der siebente Geist erscheint in der Gestalt eines schönen Weibes.

GEIST.

Siehe!

MANFRED.

O Gott! – und wenn es *so* ist, – wenn du nicht Ein Wahnsinn und ein spöttisch Blendwerk bist, Ich könnte glücklich sein, – laß dich umfassen, – Wir wollen neu...

Der Geist verschwindet.

Nun ist mein Herz zermalmt!

Manfred fällt bewußtlos nieder.

Wann der Mond im Strome schwimmt,
Wann um's Grab das Meteor
Und im Gras der Glühwurm glimmt,
Und das Irrlicht auf dem Moor;
Wann die Schnuppensterne fallen,
Wann der Eule Klagen hallen,
Wann das Laub auf stillem Baum
Schläft am dunklen Hügelsaum,
Dann soll meine Seele sich
Leise senken über dich.
Ob du tief im Schlafe seist,
Nimmer schlafen soll dein Geist;
Schatten giebt's, die nie erbleichen, Und Gedanken, die nicht weichen.
Macht, die dir ein Rätsel ist,
Will, daß du nie einsam bist.
Wie gehüllt in Grabgewand,
Wie von einer Wolk' umspannt,
Weilest ewig du fortan
Unter dieses Zaubers Bann.
Ob es mich auch nimmer sähe,
Fühlt dein Auge meine Nähe,
Etwas, was dir unsichtbar
Ewig nahe bleibt und war.
Und wenn in geheimem Grauen
Dann du wagst dich umzuschauen,
Findest du erbebend nur
Deinen Schatten auf der Flur,
Und du fühlst in deiner Brust
Qual, die du verbergen mußt.
Zaubersang und Zauberbuch
Tauften dich mit einem Fluch,
Und es wand ein Geist der Lüfte
Eine Schling' um deine Hüfte;
Eine Stimm' ist in den Winden,
Die dich hindert Trost zu finden,
Und vergebens hoffest du
Von der Nacht die stille Ruh',
Und am Tage wirst du flehn
Um der Sonne Untergehn.
Ich ließ aus deinen falschen Zähren
Saft, welcher Menschen tödtet, gähren; Aus deinem Herzen preßt' ich Blut,
Das schwarz im schwarzen Quell geruht; Aus deinem Lächeln fing ich Schlangen, Die dort
sich wie im Pfuhl verschlangen; Von deinen Lippen zapft' ich Gift,
Das all die andren übertrifft;
Von allen, die ich je gekannt,
War dies das stärkste, das ich fand.
Bei deines Schlangenlächelns Trug,
Bei deinem abgrundtiefen Lug,
Bei deines Auges frommmem Meucheln,
Bei deiner starren Seele Heucheln,
Bei der Vollendung deiner Kunst,

Die *dir* selbst gab der Menschen Gunst, Bei deiner Lust an Andrer Pein,
Bei deiner Brüderschaft mit Kain,
Zwing' ich dich nun, ruf' ich dir zu: Sei deine eigne Hölle du!
Und auf dein Haupt gieß' ich die Schalen, Die dich verdammt zu diesen Qualen:
Nicht zu schlafen, nicht zu sterben,
Dies Verhängniß sollst du erben:
Sehnend nach dem Tode schaun,
Immer vor dem Tode graun.
Sieh, des Zaubers Kraft beginnt schon, Und die leise Kett' umspinnt schon,
Schon ergangen ist das Wort
An Gehirn und Herz: »Verdorrt!«

Zweite Scene.

MANFRED.

Die Geister, die ich rief, verlassen mich, – Die Zauber, die ich lernte, täuschen mich, – Das Mittel, das ich hoch hielt, quälte mich.

Ich bau' nicht mehr auf überird'sche Hülfe: Kann sie Vergangnes ändern? – Und die Zukunft?...

Solang nicht das Vergangne Nacht bedeckt, Sucht sie mein Forschen nicht. – O Mutter Erde!

Und du, frischglüh'nder Tag, und ihr, o Berge, Weshalb so schön? – Ich kann euch doch nicht lieben!

Und du, o helles Auge dieses Alls, Das über Alle sich aufthut und Allen Ein Labsal ist, – du scheinst nicht in mein Herz!

Und du Gefels, auf dessen letztem Rand Ich steh' und schau' am Saum des Gießbachs unten Die hohen Tannen eingeschrumpft zu Sträuchern In schwindelhafter Ferne, – wenn ein Sprung, Ein Schritt, ein Ruck, ein Hauch schon meine Brust Hintragen würd' an seinen fels'gen Busen Zu ew'ger Ruhe – warum zaudr' ich noch?

Den Trieb empfind' ich, – dennoch stürz' ich nicht; Ich sehe die Gefahr, – doch weich' ich nicht, Und mein Gehirn schwirrt, – doch mein Fuß bleibt fest.

Auf mir liegt eine Macht, die mich zurückhält Und mir's zum Schicksalszwange macht zu leben, – Wenn Leben heißen kann, die Geistesöde In mir zu tragen und das Grab zu sein Der eignen Seele! – denn ich gab es auf Mein Handeln zu entschuld'gen vor mir selbst, – Es ist des Bösen letzte Schwachheit. – Ja, Du wolkenspaltender, beschwingter Bote,

Deß froher Flug am höchsten steigt gen Himmel, Wohl magst du mir so nahe niederstoßen: Ich sollte deine Beute sein, ein Mahl Für deine junge Brut; – du bist entflohn, Wohin das Auge dir nicht folgt, – doch deins Durchdringt die Tiefe noch, die Weit' und Höhe Mit alldurchbohrndem Blicke. – Schön! wie schön Ist diese ganze sichtbarliche Welt!

Wie hehr in ihrem Thun und in sich selbst!

Wir aber, die wir ihre Herrn uns wähnen, Halb Staub halb Gottheit, wir, zu Fall und Flug Gleich machtlos, sind mit unsrem Mischlingswesen Ein Widerstreit der Element' und atmen Den Atem der Erniedrung und des Stolzes; Erhabner Wille kämpft mit niedrigem Bedürfniß, bis das Fleisch am Ende siegt, Bis Menschen sind, was sie sich selbst nicht sagen Und Andern nicht vertrauen. – – Horch, das Lied!

Natürliche Musik des Alpenrohrs!

Denn hier ist Patriarchenleben nicht Ein Schäfertraum, – in freier Luft die Flöte, Vermischt mit süßem Glockenklang der Herden, – Die Seele tränk' ihr Echo gern! O wär' ich Die flücht'ge Seele eines holden Tons, Atmende Harmonie, lebend'ger Wohllaut, Stofflose Wollust! – daß ich lebt' und stürbe Im sel'gen Ton, der mich geboren hätte!

GEMSJÄGER.

Hier sprang die Gems. Ihr flücht'ger Fuß entkam mir.

Mein heutiger Gewinn bezahlt mir mein Halsbrechend Tagwerk schwerlich. – Wer ist da?

Er scheint nicht meines Handwerks, und er hat Doch eine Höh' erreicht, die von den Jägern Die besten nur erklimmen. Seine Tracht Ist fein, sein Antlitz männlich, seine Haltung

So stolz wie eines freigebornen Bauern.

Ich will ihm näher steigen.

MANFRED *ohne den Andern zu bemerken.*

So zu sein,

Ergraut von Qual, wie diese todten Fichten, Schlachtopfer eines Winters, astlos, saftlos, Verdorrter Stamm auf fluchgetroffner Wurzel, Die nur Bewußtsein der Verwesung nährt, – Und so zu sein, in Ewigkeit nur so, Nachdem es anders war! Durchfurcht von Runzeln, Die die Secunden pflügten, nicht die Jahre, Und Stunden, zu Jahrhunderten zermartert, Und doch nicht todt! – Du wüstes Eiszack, Ihr Schneelawinen, die ein Hauch herabstürzt In bergesmächt'gen Wettern, – kommt! zermalmt mich!

Ich hör' euch unaufhörlich oben, unten, In häuf'gen Donnern, doch ihr fahrt vorbei Und fallt auf Opfer, die noch leben möchten, Auf junge blüh'nde Wälder, auf die Hütten Und auf das Dorf harmlosen Hirtenvolks.

GEMSJÄGER.

Die Nebel fangen an thalauf zu ziehn; Ich will ihn warnen dort herabzukommen, Sonst kann er Weg und Leben noch verlieren.

MANFRED.

Aufbraut der Nebel um den Gletschern, – Wolken Ziehn kraus und schnell zur Höhe, weiß und scheflig, Wie Schaum vom aufgepeitschten Meer der Hölle, Deß Flut an ein lebendig Ufer brandet, – Statt Kies verdammte Köpf', – ich werde schwindlig.

GEMSJÄGER.

Ich muß behutsam gehn; – ein plötzlich Nah'n Würd' ihn erschrecken, und es scheint beinah, Als wank' er jetzt schon.

MANFRED.

Berge sind gefallen,

Daß Wolken barsten und vor ihrem Stoß

Die Bruder-Alpen bebten: sie erfüllten Das reife grüne Thal mit Schutt des Todes, Dämmten die Flüsse auf mit jähem Ruck, Die Flut zu Dunst zermalmend und die Quellen In andre Bahnen zwängend, – so – so macht' es In seinen alten Tagen der Mont Rosa – Warum stand ich nicht unter ihm?

GEMSJÄGER.

Hab' Acht!

Dein nächster Schritt kann Tod sein! – Ihm zu Liebe, Der dich erschuf, steh' nicht an diesem Rande!

MANFRED *ohne ihn zu hören.*

Das wär' für mich ein passend Grab gewesen!

Dann läge mein Gebein still in der Tiefe; Es würde nicht verstreut sein auf den Felsen, Ein Spiel der Winde, – so wie nun – wie nun Durch diesen Sprung – – Lebt wohl, ihr offnen Himmel!

Schaut nicht so vorwurfsvoll auf mich herab, Ihr wart mir nicht bestimmt. – Empfang, o, Erde, Diese Atome...

In dem Augenblicke, wo Manfred in den Abgrund springen will, hält ihn der Gemsjäger mit raschem Griffe zurück.

GEMSJÄGER.

Halt! verrückter Mann!

Wenn auch des Lebens satt, besudle nicht Dies reine Thal mit deinem sünd'gen Blut.

Hinweg mit mir! – ich lasse dich nicht los.

MANFRED.

Mein Herz ist todeskrank, – pack' mich nicht an, – Ich bin ganz Ohnmacht, – die Gebirge wirbeln Um mich, – ich werde blind, – wer bist du Mann?

GEMSJÄGER.

Das wirst du später hören! – fort mit mir!

Die Wolken werden dicker, – komm, und stütz' dich; – Hier setz' den Fuß, – da, nimm den Stock, und klammre Dich an den Strauch; – nun gieb mir deine Hand Und halt dich fest an meinem Gürtel, – sachte!

In einer Stund' erreichen wir die Senne.

Komm, – bald gelangen wir auf festres Erdreich Und eine Art von Straße, die der Gießbach
Seit vor'gem Winter wusch. – Komm, – das war wacker!
Du solltest Jäger sein. – Komm, folge mir.
Während sie mühsam die Felsen herabsteigen, schließt die Scene.

Zweiter Act.

Erste Scene.

Hütte in den Berner Alpen.

Manfred. Der Gemsjäger.

GEMSJÄGER.

Nein, bleib noch hier; du darfst noch nicht von hinnen, Noch können Leib' und Seel' einander nicht Vertrauen, – noch auf ein'ge Stunden nicht.

Sobald du besser bist, führ' ich dich selbst, Jedoch wohin?

MANFRED.

Das thut nicht Not; ich kenne Den Weg und brauche ferner kein Geleit.

GEMSJÄGER.

Nach Tracht und Aussehn bist du hohen Stamms, Der Edlen einer, deren Felsenburgen Ins Thal herabschaun, – welche nennt dich Herr?

Ich kenne nichts von ihnen als die Thore; Nur selten zwingt mein Weg mich, Rast zu machen Am mächt'gen Herde solcher alter Schlösser, Zu zechen mit dem Dienstvolk; doch die Pfade, Die aus dem Berg zu ihrem Thor sich stufen, Kenn' ich von Kindheit: – welches ist das deine?

MANFRED.

Es macht nichts aus.

GEMSJÄGER.

Wohl, Herr, verzeih die Frage.

Faß dir ein Herz! Komm, koste meinen Wein; Es ist ein alt Gewächs und hat mir oft Die Adern auf den Gletschern aufgethaut; Nun thu' er dir desgleichen. – Thu' Bescheid!

MANFRED.

Hinweg! hinweg! – an seinem Rand ist Blut....

Will es denn niemals in die Erde sinken?

GEMSJÄGER.

Was meinst du? – Deine Sinne gehen irr.

MANFRED.

Blut ist's, – mein Blut! – der reine, warme Strom, Der in den Adern unsrer Väter rann Und auch in unsren, als wir beide noch In unsrer Jugend waren, *eines* Herzens, Und liebten, wie wir uns nicht lieben sollten.

Das ward vergossen, – doch es wallt empor Und färbt die Wolken, die den Himmel sperren, Wo du nicht bist, – wo ich nie weilen werde.

GEMSJÄGER.

Seltsame Worte! – Irgend eine Schuld Bringt dich zu halbem Wahnsinn, daß du so Den leeren Raum bevölkerst. Was auch immer Dein Schreck und Leiden sei, es giebt noch Trost: Der Kirche Macht und himmlische Geduld.

MANFRED.

Geduld! Geduld! – Hinweg! – es ist ein Wort Für stumpfes Lastvieh, nicht für Raubgevögel Predig' es Menschen eines Staubs wie du, – Ich bin nicht deines Gleichen.

GEMSJÄGER.

Dank dem Himmel;

Ich möchte nicht wie du sein um den Ruhm Des Tell! – Gleichviel, was auch dein Unglück sei, Du mußt es tragen; Fluch und Trotz ist nutzlos.

MANFRED.

Ertrag' ich's nicht? Sieh mich doch an? Ich lebe!

GEMSJÄGER.

Dies ist ein Krampf, und nicht gesundes Leben.

MANFRED.

Ich sag' dir, Mensch, ich lebte viele Jahre, Viel lange Jahre, – aber sie sind nichts Gegen die künft'gen, – tausend, aber tausend, Aeonen, Ewigkeiten, – und Bewußtsein, In heißem Durst nach Tod, niemals gelöschtem!

GEMSJÄGER.

Ei, kaum ist noch das Siegel mittler Jahre Auf deine Stirn geprägt. Ich bin weit älter.

MANFRED.

Glaubst du, das Dasein hange von der Zeit ab?

Das thut es freilich; – aber Handlungen Sind unsere Epochen: meine machten All meine Tag' und Nächte unvergänglich, Endlos und alle gleich, wie Sand am Meer, Unzählige Atom' und *eine* Wüste, Nackt, kalt, daran die wilden Wellen branden, Wo aber nichts verweilt als Wrack' und Leichen, Fels und das salz'ge Kraut der Bitterkeit.

GEMSJÄGER.

Ach, er ist irre! – doch ich bleibe bei ihm.

MANFRED.

Ich wollt', ich wär's! – dann wär' ja alles, was Ich sehe, nur ein kranker Traum.

GEMSJÄGER.

Was ist es,

Was du zu sehn glaubst oder wirklich siehst?

MANFRED.

Mich und dich selber, einen Alpenbauer, Dein gastlich Haus und schlichte Tugenden, Ein Herz, geduldig, fromm, und stolz und frei, Selbstachtung auf unschuld'gen Sinn gepfropft, Gesunde Tage, stille Nächte, – Arbeit,

Geadelt durch Gefahr, doch schuldlos, – Hoffnung Auf heitres Alter und ein friedlich Grab, Mit Kreuz und Blumen auf dem grünen Rasen Und deiner Enkel Lieb' als Epitaph.

Dies seh' ich, – und dann schau' ich in mein Innres...

Was red' ich? meine Seele war schon Asche.

GEMSJÄGER.

So möchtest du dein Loos für meins vertauschen?

MANFRED.

Nein, Freund, ich möchte dir nicht schaden, noch Mit irgend jemand tauschen; – ich kann tragen.

(So jammervoll es ist, es ist zu tragen,) Was Andre nicht im Traum aushielten, sondern In ihrem Schlafe stürben.

GEMSJÄGER.

Und mit diesem

Vorsichtigen Gefühl für fremden Schmerz Kannst du von Sünde schwarz sein? – Sag' es nicht! Kann, wer so milde denkt, gefrevelt haben An seinen Feinden selbst?

MANFRED.

O nein! nein! nein!

Mein Unheil fiel auf solche, die mich liebten, Die ich am meisten liebte. – Niemals schlug Ich einen Feind als in gerechter Notwehr; Jedoch mein Kuß war Tod.

GEMSJÄGER.

Gott tröste dich!

Und Buße gebe dich dir selbst zurück!

Ich weih' dir mein Gebet.

MANFRED.

Ich brauch' es nicht,

Doch kann dein Mitleid dulden. Lebewohl!

Ich gehe, – hier ist Gold und Dank für dich.

Kein Wort! es kömmt dir zu. Und folge nicht; Ich kenne meinen Weg; die Alp ist sicher: Und einmal noch gebiet' ich, folge nicht.

Manfred geht.

Zweite Scene.

Ein tieferes Alpenthal mit Wasserfall.

Manfred tritt auf.

MANFRED.

Es ist noch früh. Der Sonnenbogen wölbt Sich auf dem Gießbach noch mit Himmelsfarben, Und dieser Silbermasse wallende Säule, Die jäh und senkrecht von der Klippe stürzt, Wirft ihre Linien schäumenden Lichts dahin, Wogend wie jenes fahlen Renners Schweif, Des Riesenpferdes, das der Tod einst reitet, Wie die Apokalypse sagt. Kein Auge Als meines trinkt dies Schauspiel holder Schönheit; Allein in dieser süßen Einsamkeit Genieß' ich mit dem Genius des Ortes Die Huldigung des Stroms. – Ich will sie rufen.

Manfred nimmt etwas von dem Wasser in die hohle Hand und schleudert es, die Beschwörung murmelnd, in die Luft. Nach einer Pause steigt unter dem Sonnenbogen des Wasserfalls die Alpenfrau empor.

MANFRED.

Holdsel'ger Geist! mit deinem Haar von Licht Und sonn'gen Augen voller Herrlichkeit, In deren Form der Reiz der Erdentöchter, Der mindest sterblichen, anwächst zu einer Unirdischen Hoheit, Frucht aus reineren Urstoffen, während Farbenglanz der Jugend, Ein Incarnat wie eines Kindes Wange, Das eines Mutterherzens Pochen einwiegt, Oder wie ros'ger Hauch, den Sommers Zwielicht Auf jungfräulichem Gletscherschnee zurückläßt, Der Erd' Erröten unterm Kuß des Himmels, Dein göttlich Antlitz färbt, den Glanz verdunkelnd Des Sonnenbogens, der dein Haupt umwölbt, – Holdsel'ge! deine ruhig klare Stirn, Darin sich Heiterkeit der Seele spiegelt,

Die in sich selbst Unsterblichkeit beweist, Sagt mir, daß du dem Erdensohn vergiebst, Dem die verborgnen Mächte hin und wieder Ihnen zu nahn vergönnen, wenn er dich Durch seine Zauber rief, um eine Weile Dich anzuschauen.

DIE ALPENFRAU.

Erdensohn! ich kenne

Dich und die Mächte, die dir Macht verleihn, Dich, einen Mann von vielerlei Gedanken, Von gut-und bösem Thun, maßlos in beidem, Sich selbst und Anderen verhängnißvoll.

Ich habe dies erwartet. Sprich, was willst du?

MANFRED.

Nur deine Schönheit anschaun, – weiter nichts.

Weil mich der Erd' Antlitz wahnsinnig machte, Flieh' ich zu ihren Heimlichkeiten, dringe Zur Wohnung derer, welche sie regieren, – Sie aber können mir nichts helfen. Sie Besaßen nicht, was ich von ihnen suchte, – Nun such' ich weiter nichts.

DIE ALPENFRAU.

Was kann das sein,

Was nicht die Macht der Mächtigsten gewährt, Der Herrn des Unsichtbaren?

MANFRED.

Eine Gabe....

Doch warum wiederhol' ich, was unmöglich?

DIE ALPENFRAU.

Ich weiß es nicht, laß deine Lipp' es nennen.

MANFRED.

Wohl, ob es mich schon foltert, – meine Qual Soll eine Stimme finden. – Seit der Jugend Wandelte nie mein Geist mit Menschenseelen, Sah nie die Welt mit Menschenaugen an; Der Durst nach ihren Ehren war nicht mein; Mein Glück, mein Leid, mein Können, meine Triebe

Machten zum Fremdling mich: ich trug die Form, Doch nicht die Sympathien beseelten Fleisches.

Von allen staubgebornen Wesen war Nur eines, welches...doch von ihr nachher!

Mit Menschen, sag' ich, und dem Geist der Menschen Pflog ich nur selten Umgang; meine Lust Statt dessen war die Wildniß, – einzuatmen Die schwier'ge Luft auf eis'gem Bergeshaupt, Wo Vögel nimmer baun, wo kein Insect Den kahlen Fels umschwirrt, – und in den Gießbach Zu tauchen und dahin zu schießen mit Dem schnellen Wirbel jeder flücht'gen Welle Des Flusses oder Meers im ihrem Strom.

Dies war die Lust der jungen Stärke; – oder Des Mondes Wandel durch die Nacht verfolgen, Die Stern' und ihre Bahnen, oder achten Auf Blitzes Leuchten, bis mein Auge blind war, Oder gefallne Blätter anschaun, lauschend, Wann Herbsteswind' ihr Abendlied begannen.

Dies war mein Zeitvertreib, – und einsam sein.

Denn wann die Wesen, deren eins ich war, (Verwünschend, daß ich's war,) den Pfad mir kreuzten, Fühlt' ich zu ihnen mich zurückerniedrigt Und war ganz wieder Staub. Dann einsam wandernd, Versenkt' ich in des Todes Grotten mich, In seiner Wirkung sein Entstehen suchend, Und zog aus morschen Knochen, Schädeln, Moder Verbotne Schlüsse. Jahre lang verlebt' ich Die Nacht mit Wissenschaft, die nie gelehrt ward, Außer in alter Zeit. Mit Schweiß und Harren Und schrecklichem Castein und solcher Buße, Die schon an sich die Luft und alle Geister, So Luft und Erd' umfangen, Raum und selbst Das unbegrenzte All bewältigt, macht' ich Mein Auge mit der Ewigkeit vertraut, Den alten Magiern gleich und ihm, der einst In Gadara Eros und Anteros

Aus ihren Quellenwohnungen beschwor, Wie ich hier dich. Und mit dem Wissen wuchs Der Durst nach Wissen, und die Macht und Freude So glänzender Erkenntnißkräfte, bis....

DIE ALPENFRAU.

Sprich weiter!

MANFRED.

Ach, ich dehnte bloß die Worte, Dies eitle Können rühmend, weil, je mehr Dem Kerne meiner Herzensqual ich nahe...

Doch an mein Werk! Ich nannte dir nicht Eltern, Geliebte, Freunde, niemanden, mit dem Ich je das Joch menschlicher Bande trug; Wenn ich es trug', mir schien es doch nicht so.

Doch Eine gab es...

DIE ALPENFRAU.

Schon' dich selbst nicht. Rede!

MANFRED.

Sie war mir gleich an Zügen. Ihre Augen, Ihr Haar, ihr Antlitz, alles, bis zum Klang Der Stimme, sagten sie, war meinem gleich, Gesänftigt nur und mild verklärt zur Schönheit.

Ihr eigen war, wie mir, einsames Träumen, Die Sucht verbotnen Wissens und ein Geist, Das Weltall zu begreifen, – doch auch mehr: Mit diesem sanftre Gaben als die meinen, Mitleid und Thrän' und Lächeln, – was mir fehlte, – Und Zärtlichkeit, – doch die hatt' ich für sie, – Und Demut, – und die hab' ich nie gehabt.

All' ihre Fehler waren meine Fehler, Doch ihre Tugenden gehörten ihr.

Ich liebte sie und ich zerstörte sie.

DIE ALPENFRAU.

Mit deiner Hand?

MANFRED.

Nicht meine Hand, – mein Herz, Das *ihr* Herz brach: es staunte meines an

Und siechte hin. Ich habe Blut vergossen, Doch ihres nicht. Doch ward ihr Blut vergossen; Ich sah's und konnt' es nicht mehr stillen.

DIE ALPENFRAU.

Deshalb,

Um ein Geschöpf der Art, die du verachtest, Der Gattung, über die du dich erhebst, Dich uns gesellend, giebst du preis die Gaben Unserer großen Wissenschaft und sinkst Zu feiger Menschlichkeit zurück? Hinweg!

MANFRED.

Tochter der Luft! – ich schwör' es, seit der Stunde....

Doch Wort ist Dunst, – sieh mich in meinem Schlaf, Bewach' mein Wachen, – komm und sitz' bei mir, – Mir ist die Einsamkeit nicht einsam mehr, Wimmelnd von Furien; ich hab' im Dunkeln Meine Zähne gefletscht, bis wieder Tag war, Dann mir geflucht bis Abend, – hab' um Wahnsinn Gebetet wie um Segen, – ohn' Erhörung!

Ich bot die Stirn dem Tod, – allein im Krieg Der Elemente flohn vor mir die Wasser, Und harmlos wich der Mord. Mit kalter Hand Hielt mich ein mitleidloser Dämon fest, An einem Haar fest, das nicht reißen wollte.

In Phantasie, in Dichtung, kurz in alle Reichthümer meiner Seele, welche sonst Ein Krösus war im Schaffen, taucht' ich tief, Doch wie die Ebbe riß es mich zurück In meinen Abgrund bodenlosen Weh's.

Ich taucht' ins Menschenmeer. Vergessenheit Sucht' ich in allem, außer wo sie ist.

Die langverfolgte überird'sche Kunst Ist sterblich hier. Ich wohn' in meinem Jammer Und leb' – und lebe ewig.

DIE ALPENFRAU.

Möglich, daß ich

Dir helfen kann.

MANFRED.

Dann mußt du die Gestorbnen

Aufwecken oder mich zu ihnen betten.

Thu' das – in jeder Form – in jeder Stunde – Mit jeder Qual, – wenn's nur die letzte ist.

DIE ALPENFRAU.

Das ist nicht meines Amts. Doch wenn du mir Gehorsam schwörst und thust, was ich gebiete, So mag ich dir zu deinem Wunsch verhelfen.

MANFRED.

Ich schwören? Ich gehorchen? Wem? Den Geistern, Die ich entbiete? Sklave derer sein, Die mir gedient? Niemals!

DIE ALPENFRAU.

Ist dieses alles?

Hast du nicht sanftre Antwort? Halt noch inne!

Bedenk', eh' du verwirfst!

MANFRED.

Ich hab's gesagt.

DIE ALPENFRAU.

Genug! So kann ich gehen? rede.

MANFRED.

Geh!

Die Alpenfrau verschwindet.

MANFRED *allein.*

Wir sind die Narr'n der Zeit und Angst: die Tage Beschleichen uns, entschleichen uns, – wir leben, Das Leben hassend, doch voll Furcht zu sterben.

In allen Tagen dieses eklen Jochs, (Das unser ringend Herz einschnürt, – das Herz, Das bald in Gram versinkt, bald pocht vor Weh Und Wonne, die in Qual und Schwachheit endet,) – In allen Tagen, künft'gen und vergangnen, (Denn Gegenwart giebt's nicht für uns,) wie wen'ge, Wie weniger als wen'ge zählen wir, Wo nicht die Seele nach dem Tode lechzt Und doch zurückfährt, wie vor einem Strom

Im Winter, ob das Frösteln schon im Nu Vorbei ist. – Eine Hülfe beut mir noch Die Wissenschaft: ich kann die Todten rufen, Sie fragen, was es ist, was wir so fürchten.

Die schlimmste Antwort kann nur sein: das Grab!

Und das ist nichts. Wenn sie nicht Antwort gäben?...

Der todte Seher gab der Hex' in Endor Doch Antwort; Sparta's Fürst entlockte von Der Byzantinerin schlaflosem Geist Antwort und sein Verhängniß. – Er erschlug Das, was er liebt', unwissend, was er that, Und starb dann unverziehn, obwohl er Zeus Zur Hülfe rief und in

Phigalia Arkadiens Beschwörer aufbot, um Von dem erzürnten Schatten eins zu flehn, Gnad' oder Ziel der Rache; – ihre Antwort War dunklen Inhalts, doch erfüllte sich.

Hätt' ich niemals gelebt, so lebte noch Das, was ich liebe; hätt' ich nie geliebt, So wäre, was ich liebe, jetzt noch schön, Glücklich und Glück verbreitend. Was ist sie?

Was ist sie jetzt? Ein Opfer meiner Sünden, Was ich zu denken scheue, – oder Nichts!

Nach wenig Stunden ruf' ich nicht vergebens, Doch noch zur Stunde schreckt mich, was ich wage.

Nie bis zur Stund' erschrak ich vor den Geistern, Ob gut, ob böse, – nun erzittre ich, Und sonderbare Kälte thaut im Herzen.

Doch ich vermag zu thun, wovor mir graust, Und Menschenangst zu bändigen. Es nachtet.

Er geht.

Dritte Scene.

ERSTES SCHICKSAL.

Der Mond erhebt sich groß und rund und hell, Und hier, auf Schnee, den nie ein Menschenfuß

Betreten, wandeln nächtlich wir einher Und spurlos über diese wüste See, Den blanken Ocean des Alpeneises, Die zackige Brandung streifend, welche aussieht Wie eines sturmgepeitschten Meeres Schaum, Im Nu erfroren, wie ein todter Strudel.

Und diese jähe, wildgezackte Zinne, Erdbebens Schnitzwerk, wo die Wolke Halt macht, Um auszuruhen im Vorüberflug, Ist unsren Festen, unsren Nächten heilig.

Hier wart' ich meiner Schwestern auf dem Weg Zur Halle Arimans; – denn heute Nacht Ist unser Hauptfest. Seltsam, wo sie bleiben.

STIMME *von außen, singend.*

Der gefangne Verwüster, Vom Throne gerafft,

Einsam verbüßt' er

Schimpfliche Haft.

Die Ketten zerstört' ich Und sprengte den Bann; Heerschaaren empört' ich; Er ist wieder Tyrann!

Mit Strömen von Blut wird die Sorg' er mir lohnen, Und die Schmach, die er litt, mit zertrümmerten Thronen.

ZWEITE STIMME, *draußen.*

Das Schiff schwamm stolz und rasch einher; Es hat nicht Segel noch Masten mehr; Von Rumpf und Deck ist kein Balken mehr da, Und kein Lebender ist, der den Schiffbruch sah; Nur Einer, den hielt ich im Schwimmen am Haar, Der meines Erbarmens am würdigsten war, Ein Verräter am Land, ein Pirat auf der See – Den spart' ich mir auf zu fernerem Weh.

ERSTES SCHICKSAL, *antwortend.*

Die Stadt liegt im Schlummer: Der Morgen verläßt sie In Thränen und Kummer:

Leise beschleichen

Flügel der Pest sie!

Tausend erbleichen

Und zehnmal Tausend;

Es fliehn die Lebend'gen Vor Sterbenden grausend; Doch nichts kann die Schauer Der Seuche mehr bänd'gen.

Schrecken und Trauer

Hüllt die bedrohten

Völker in Grauen.

Selig die Todten,

Welche die Macht

Des Verwüsters nicht schauen!

Dies Werk einer Nacht, Dies Völkererwürgen, dies Werk meiner Hände Ist alt wie die Welt, und es währt bis ans Ende.

DIE DREI.

Der Menschen Herzen sind in unsren Händen, Und ihre Gräber unsres Schrittes Spur: Die Geister, die wir unsren Sklaven senden, Wir geben sie, um sie zu nehmen, nur.

ERSTES SCHICKSAL.

Willkommen! wo ist Nemesis!

ZWEITES SCHICKSAL.

Sie ist

Bei einem großen Werk, das ich nicht kenne, Denn meine Hände hatten voll zu thun.

DRITTES SCHICKSAL.
Seht da, sie kommt.

ERSTES SCHICKSAL.
Von wannen kommst du? sprich!
Du und die Schwestern waren heute langsam.
NEMESIS.
Ich mußte morsch gewordne Throne flicken,
Narren vermählen, Dynastien erneuern, Menschen an ihren Widersachern rächen Und ihre Rache sie bereuen lassen, Weise zum Wahnsinn stacheln, aus der Dummheit Orakel formend, um die Welt von neuem Zu gängeln, – denn sie waren fast veraltet, Die Menschen wagten für sich selbst zu denken, Die Könige zu wägen, und zu reden Von Freiheit, der verbotnen Frucht. – Hinweg!
Die Stunde flieht: besteigt die Wolkenrosse!
Sie verschwinden.

Vierte Scene.

Halle Arimans.

Ariman, von seinen Geistern umgeben, auf einer Feuerkugel thronend.

HYMNUS DER GEISTER.

König der Erd' und Luft! gewalt'ger Meister!

Der auf den Wolken und den Wassern schwebt, – Zum Chaos selbst zerfleischen sich die Geister Der Elemente, wann die Hand er hebt.

Er atmet, und der Sturm zerreißt die Flut; Er spricht, und Antwort giebt des Donners Hallen; Er blickt, und Sonnen fliehn vor seiner Glut, Er regt sich, und des Erdballs Säulen fallen!

Sein Fuß erschließt der Krater Glutgewimmel; Sein Schatten ist die Pest, und vor ihm her Ziehn die Kometen durch verkohlte Himmel, Wandelt in Asche sich das Sternenheer.

Ihm muß der Krieg sein täglich Opfer zahlen; Ihm frohnt der Tod; sein ist des Lebens Frist Mit ihrer Unermeßlichkeit von Qualen; Sein ist der Geist von allem, was da ist!

Die Schicksale und Nemesis treten auf.

ERSTES SCHICKSAL.

Heil Ariman! – Auf Erden wächst sein Reich:

Wie meine Schwestern sein Gebot vollführt, So hab' auch ich nicht meine Pflicht verabsäumt.

ZWEITES SCHICKSAL.

Heil Ariman! – Wir, die das Haupt der Menschen Zur Erde beugen, beugen uns vor ihm.

DRITTES SCHICKSAL.

Heil Ariman! – Wir harren seines Winks.

NEMESIS.

Beherscher aller Herscher! wir sind dein, Und unser ist, was lebt, mehr oder minder, Das Meiste ganz. Doch unsre Macht zu mehren Durch Mehrung deiner Macht, heischt unsre Sorge, Und wir sind wachsam. Was du aufgetragen, Ist bis zum Aeußersten erfüllt.

Manfred kömmt.

EIN GEIST.

Wer naht?

Ein Sterblicher! – Du Dreister, Unglücksel'ger, Knie' und verehr'!

ZWEITER GEIST.

Ich kenne diesen Mann, Ein Zaubrer, furchtbar durch Geschick und Macht.

DRITTER GEIST.

Knie', Sklav, und bete an! Wie? kennst du nicht Deinen und unsren Herrn? Gehorch' und zittre!

ALLE GEISTER.

Wirf dich und dein verdammtes Fleisch zu Boden, Du Erdensohn! – die Rach' ist nah.

MANFRED.

Ich weiß es,

Und dennoch knie' ich nicht.

VIERTER GEIST.

Du wirst es lernen.

MANFRED.

Ich lernt' es längst. Wie manche Nacht auf Erden Hab' ich auf nackten Grund mein Haupt gebeugt Und Asche drauf gestreut! Ich kenne ganz

Die Fülle der Erniedrung; denn ich sank Vor meiner nichtigen Verzweiflung, kniete Vor meiner eignen Herzensöde.

FÜNFTER GEIST.

Wagst du

Dem Ariman auf seinem Thron zu weigern, Was ihm die Erde zollt, die doch nicht schaut Die Schrecken seines Glanzes? – In den Staub!

MANFRED.

Er selber beuge vor dem Höh'ren sich, Dem Unermeßlichen, dem Schöpfer, der Ihn nicht erschuf zur Anbetung: – Er kniee, Und ich will mit ihm knien.

DIE GEISTER.

Zermalmt den Wurm, Zerreißt ihn!

ERSTES SCHICKSAL.

Hebt euch weg! Fort! Er ist mein.

Fürst unsichtbarer Mächte! dieser Mann Ist nicht gemeiner Art, wie seine Rede Und Gegenwart bezeugt. Sein Leiden war Unsterblicher Natur, wie unsres ist.

Sein Wissen und sein Können und sein Wollen, (Soweit nicht Staub den Aetherfunken hemmt,) Ist so gewesen, wie es Staub nur selten Geboren hat. Sein Streben und sein Forschen Lag jenseit dessen, was auf Erden wohnt, Und hat ihm nur gelehrt, was wir schon wissen, Daß Wissen nicht Glück ist und Wissenschaft Nur Austausch unserer Unwissenheit Gegen Unwissenheit von neuer Art.

Noch mehr: die Attribut' und Leidenschaften Von Erd' und Himmel, welche jedes Wesen, Jedes Geschöpf vom Wurm aufwärts berühren, Haben sein Herz durchbohrt, und ihre Wirkung In ihm war so, daß ich, die nie bedaure, Verzeih' ihn zu bedauern. Er ist mein,

Und dein vielleicht; – doch sei er's oder nicht, Kein andrer Geist besitzt hier eine Seele Wie seine, noch Gewalt auf seine Seele.

NEMESIS.

Weshalb denn ist er hier?

ERSTES SCHICKSAL.

Er sag' es selbst.

MANFRED.

Ihr wißt, was ich gewußt hab'. Ohne Macht Könnt' ich nicht hier sein. Aber tiefre Mächte, Noch jenseits, giebt es, – *die* zu suchen komm' ich, Daß sie auf meine Frag' antworten mögen.

NEMESIS.

Was möchtest du?

MANFRED.

Du kannst nicht Rede stehn; Die Todten ruf, an sie geht meine Frage.

NEMESIS.

Erhabner Ariman! gewährt dein Wille Den Wunsch des Sterblichen?

ARIMAN.

Es sei!

NEMESIS.

Wen willst du

Entsargen?

MANFRED.

Eine ohne Grab. Beschwör Astarte!

NEMESIS.

Höre, Schatten oder Geist, Der du alles, was du warest, Ob du auch gestorben seist, Wie ein Erbtheil noch bewahrest; Das Gehäuse deines Fleisches, Das Gefüge deines Staubes, Wieder von der Erde heisch' es, Und der Nacht des Todes raub' es.

Was du trugest, Herz und Hirn, Trag es, Hirn und Herz und Glieder, Und erlöse deine Stirn Von dem Zahn des Wurmes wieder.

Erschein, erschein, erschein vor mir!

Der dich dorthin geschickt hat, sucht dich hier.

Der Schatten Astarte's steigt empor.

MANFRED.

Dies wäre Tod? – es blüht auf ihren Wangen...

Doch nein, ich seh', es ist kein Lebenshauch, Nur seltsam Fiebern, – wie das kranke Rot, Das auf erstorbne Blätter pflanzt der Herbst.

Sie ist es! – Gott! daß ich mich fürchten muß Sie anzublicken! – O Astarte! – Nein, Ich kann nicht zu ihr sprechen – heißt sie sprechen, Mir fluchen oder mir verzeihn.

NEMESIS.

Bei dem Zauber, der den tiefen Schlummer deiner Gruft gebrochen, Sprich zu jenem, der gesprochen, Oder denen, die dich riefen!

MANFRED.

Sie schweigt, –

Und in dem Schweigen find' ich mehr als Antwort.

NEMESIS.

Mein Zauber reicht nicht weiter. – Fürst der Luft!

Du hast allein die Macht: heisch' ihre Stimme.

ARIMAN.

Gehorche diesem Scepter, Geist!

NEMESIS.

Noch stumm.

Sie ist nicht unsrer Gattung. Sie gehört Der andren Macht. Dein Suchen, Mensch, ist fruchtlos, Und unsre Müh' vergeblich.

MANFRED.

Hör' mich – hör' mich!

Astarte! meine Geliebte! – sprich zu mir!

Ich litt so viel – ich leide noch so viel – O sieh mich an! dich hat das Grab nicht mehr Als mich der Gram entstellt. Du liebtest mich Zu sehr, wie ich dich liebte, – doch wir sollten Uns nicht einander foltern, war es auch Tödtlichste Schuld zu lieben, wie wir liebten.

Sag', daß du mich nicht hassest, – daß für beide Ich diese Strafe dulde, – daß du eine Der Sel'gen sein wirst, – daß ich sterben werde!

Denn alles Hassenswerthe scheint verschworen Ans Dasein mich zu fesseln, an ein Leben, Das mich mit Graun füllt vor der Ewigkeit, Vor einer Zukunft, ähnlich dem Vergangnen.

Ich kann nicht ruhn, – ich weiß nicht, was ich suche, – Ich fühle nur, was du bist und was ich bin; Nur einmal, eh' ich sterbe, hört' ich gern Den Ton, der mir Musik war, – sprich zu mir!

Ich habe dich in stiller Nacht gerufen, Der Vögel Schlaf im dichten Busch gestört, Des Berges Wölf' erweckt, erfüllt die Schluchten Mit deinem, ach, umsonst gehallten Namen; Sie gaben Antwort, – vieles gab mir Antwort, Geister und Menschen, – du nur warest stumm.

O sprich! – Die Sterne hab' ich überwacht Und durch die Himmel fruchtlos dich gesucht.

Sprich zu mir! – Durch die Welt bin ich geirrt Und fand nicht deines Gleichen. Sprich zu mir!

Sieh rings die Teufel, wie sie für mich fühlen, – Ich fürchte nichts und fühle nur für dich.

Sprich zu mir! sei es auch im Zorn, – nur sage...

Was es auch sei, – nur daß ich einmal höre, Einmal, einmal noch!

DER SCHATTEN.

Manfred!

MANFRED.

Weiter – weiter –

Ich leb' in diesem Ton nur, – deine Stimme!

DER SCHATTEN.

Manfred! dein irdisch Weh wird morgen enden.

Lebwohl!

MANFRED.

Ein Wort noch! Sprich, ist mir verziehn?

DER SCHATTEN.

Lebwohl!

MANFRED.

Sehn wir uns wieder? sprich!

DER SCHATTEN.

Lebwohl!
MANFRED.
Ein Wort! erbarm' dich! Sag', du liebst mich!
DER SCHATTEN.
Manfred!

Der Schatten Astarte's verschwindet.

NEMESIS.
Sie geht und läßt sich nicht zurückbescheiden.
Ihr Wort wird sich erfüllen. Kehr' zur Erde.
EIN GEIST.
Er ist betäubt. Das heißt es, sterblich sein Und Dinge suchen, die nicht sterblich sind.
ZWEITER GEIST.
Nein, sehet, er bezwingt sich selbst und macht Die Foltern seinem Willen unterthan.
Wär' er gleich uns, ein fürchterlicher Geist Wär' er geworden.
NEMESIS.
Hast du fernre Fragen An unsren Herscher oder seine Diener?
MANFRED.
Nein.
NEMESIS.
Dann für ein'ge Zeitlang lebewohl.
MANFRED.
Wir sehn uns also wieder? Wo? auf Erden?
Wie du es willst. Für die gewährte Huld Scheid' ich als euer Schuldner. Lebetwohl.

Manfred geht.

Die Scene schließt.

Dritter Act.

Erste Scene.

Halle in Manfreds Schloß.

Manfred und Hermann.

MANFRED.
Was ist die Zeit?
HERMANN.
Bis Nacht noch eine Stunde, Und sie verspricht den schönsten Abend.
MANFRED.
Sag',
Ist alles eingerichtet in dem Thurm, Wie ich befohlen?
HERMANN.
Alles fertig, Herr.
Hier ist der Schlüssel und das Kästchen.
MANFRED.
Gut.
Du kannst nun gehn.

Hermann geht.

Auf mir liegt eine Ruhe
Und rätselhafte Stille, wie sie nie Dem eigen war, was ich vom Leben kenne.
Wenn ich nicht wüßte, daß Philosophie Die tollste aller Eitelkeiten ist,
Das hohlste Wort im Kauderwelsch der Schule, Das je das Ohr geäfft, ich würde glauben,
Der goldne Schatz, das »Kalon« sei gefunden Und ruh' in meiner Brust. Es wird nicht dauern, –
Gleichviel, ich hab' es einmal doch gekannt; Es hat die Seel' um ein Gefühl bereichert, Und
niederschreiben möcht' ich in mein Buch, Daß es ein solch Empfinden giebt. – Wer kömmt?

Hermann kömmt zurück.

HERMANN.
Der Abt von St. Mauritius begehrt Euch zu begrüßen.

Der Abt von St. Moritz kömmt.

DER ABT.
Frieden dir, Graf Manfred!
MANFRED.
Dank, frommer Vater. Sei dem Haus willkommen: Dein Kommen ehrt es, und es segnet,
die Darinnen sind.
DER ABT.
Ich wollt', es wäre so.
Ich möchte mich mit dir allein besprechen.
MANFRED.
Laß uns allein.

Hermann geht.

Was wünscht mein würd'ger Gast?
DER ABT.
Dann ohne Vorwort! Alter, Eifer, Pflicht, Und gute Absicht mag mein Recht vertheid'gen,
Und Nachbarschaft, wenn gleich Bekanntschaft nicht, Sei hier mein Herold. – Finstere Gerüch-
te Unheil'gen Inhalts gehen durch das Land, Verknüpft mit deinem Namen, – einem Namen
Uralten Ruhms; – mög' er, der nun ihn trägt, Ihn rein vererben.
MANFRED.
Fahre fort. Ich höre.
DER ABT.

Man sagt, du pflegst Verkehr mit Dingen, die Verboten sind dem Forscherblick der Menschen, Daß mit Bewohnern der verborgnen Reiche, Den vielen bösen ausgestoßnen Geistern, Die in dem Thal der Todesschatten wandeln, Du Umgang pflegst. Ich weiß, mit deinen Brüdern Im Fleisch, mit Menschen tauschest du nur selten Gedanken aus, und deine Einsamkeit Ist die des Klausners, – wär' sie nur so heilig.

MANFRED.

Und wer sind sie, die solche Reden führen?

DER ABT.

Die frommen Mönche, die entsetzten Bauern, Selbst deine Leute, die mit scheuem Auge Hinschaun auf dich. Dein Leben ist bedroht.

MANFRED.

Nimm es.

DER ABT.

Ich kam zu retten, nicht zu tödten.

Ich will nicht spähn in dein geheimes Herz; Wenn aber alles wahr ist, dann ist Zeit Zu Buß' und Heiligung. Versöhne dich Der Kirch' und durch die Kirche mit dem Himmel.

MANFRED.

Ich höre. Dies ist meine Antwort. Was Ich sein mag oder war, bleibt zwischen Gott Und mir. Ich werde niemals einen Menschen Zum Mittler wählen. Hab' ich mich vergangen An euren Satzungen, beweis' und straf'!

DER ABT.

Mein Sohn, ich redete von Strafe nicht, Von Buß' und Gnade; – bei dir selber liegt Die Wahl, und was die letzteren betrifft, So giebt mir unser Glaub' und Kirchenamt Die Macht, den Weg zu ebnen von der Sünde Zu Hoffnung und zu bessrem Sinn. Die Strafe

Lass' ich dem Himmel, denn »die Rach' ist mein«, So spricht der Herr, und voller Demut spricht Sein Diener die erhabnen Worte nach.

MANFRED.

Nein, alter Mann, kein Amt geweihter Priester, Kein Zauber des Gebets, kein läuternd Feuer Der Buße, weder äußrer Schein, noch Fasten, Noch Agonie, noch – größer als dies alles – Die innern Foltern jener tiefsten Angst, Die Reue ist, doch ohne Höllenfurcht, Die aber selbst, allein, durch sich, den Himmel Zur Hölle machen würd', – exorcisirt Der schrankenlosen Seel' ihr tief Gefühl Der eignen Sünd' und Schuld und Qual und Rache Wider sich selber. Keine künft'ge Pein Uebt so Gerechtigkeit am Sebstverdammten Wie er am eignen Herzen.

DER ABT.

Dies ist gut;

Dies wird vorübergehn, um Platz zu machen Trostreicher Hoffnung, die mit freud'ger Ruhe Aufblickt zu jenem sel'gen Ort, den jeder Gewinnen mag, der ihn erstrebt, trotz aller Irdischen Schuld, sofern er sie nur sühnt.

Und der Beginn der Sühn' ist das Bewußtsein Ihrer Notwendigkeit. Sprich, – alles, was Die Kirche lehren kann, du sollst es lernen, Und was sie lösen kann, sei dir verziehn.

MANFRED.

Als nah dem Tod Roms sechster Kaiser war, Das Opfer einer selbstgeschlagnen Wunde, Damit nicht der Senat, der vor ihm kroch, Mit öffentlichem Tod ihn foltre, wollte Ein Kriegsmann mit dem Schein getreuen Mitleids Das Blut mit dienstbereitem Mantel hemmen; Der sterbende Römer stieß ihn weg, und sprach,

Mit einem Rest von Kaiserwürd' im Auge: »Es ist zu spät. Ist dieses deine Treue?«

DER ABT.

Was soll es hier?

MANFRED.

Ich sage mit dem Römer:

Es ist zu spät.

DER ABT.

Zu spät sein kann es nie, Dich mit der eignen Seele zu versöhnen, Mit Gott die Seele. Hast du keine Hoffnung?

Seltsam! wer auch am Himmel sonst verzweifelt, Formt sich auf Erden doch ein Traumgebild Und packt, wie ein Ertrinkender, den Strohhalm.

MANFRED.

Ja, Vater, solche ird'sche Traumgesichte Und edle Pläne hatt' ich in der Jugend: Den eignen Geist zum Geist der Welt zu machen, Zur Leuchte für die Völker, und zu steigen, Ich weiß nicht bis wie hoch, – vielleicht zu fallen, Jedoch zu fallen wie der Katarakt, Der, wenn er sprang von seiner Schwindelhöhe, Noch in der schäum'gen Tiefe seines Abgrunds, (Daraus der Nebel dampft und dann als Wolke Zurück vom neuerstiegnen Himmel regnet,) Tief liegt, doch mächtig. – Aber das ist hin, – Mein Geist begriff sich selbst nicht.

DER ABT.

Und warum nicht?

MANFRED.

Ich konnte die Natur in mir nicht zähmen; Denn dienen muß, wer herschen will, und buhlen, Beschwicht'gen, immer wachen, alles spähen, Lebend'ge Lüge sein, um groß zu werden Unter gemeinen Wesen, – und das ist Die Masse. Ich verschmäht' es mit der Herde

Zu gehn, wenn auch als Führer, – und mit Wölfen: Der Löwe bleibt allein, – so blieb auch ich.

DER ABT.

Und warum nicht mit andren Menschen wirken?

MANFRED.

Mein Wesen war dem Leben abgewandt, Und doch nicht grausam. Denn ich machte nicht, Ich fand Verödung, wie der glühend rote Einsame Odem des Simum, der nur In Wüsten wohnt und hinstreicht über Sand, Darauf kein Strauch gedeiht, um zu verdorren, Und sich auf Wellen kahler Asche tummelt, Und keinen suchet, welcher ihn nicht sucht, Doch tödtlich ist, wenn man ihn antrifft; – so War auch mein Dasein. Aber Dinge kamen In meinen Weg, die nicht mehr sind.

DER ABT.

O Gott!

Ich fürchte fast, für dich ist keine Hülfe Bei mir und meinem Stande, – doch so jung, – Ich...

MANFRED.

Sieh mich an! Es giebt auf Erden eine Gattung von Menschen, die in ihrer Jugend Alt sind und sterben vor des Lebens Mitte Ohne Gewalt des kriegerischen Todes.

Die einen tödtet Wollust, andre Forschen, *Die* Arbeit, jene bloße Müdigkeit, Die einen Krankheit, andere der Wahnsinn, Ein'ge ein welkend oder brechend Herz: – Denn dies ist eine Krankheit, welche mehr Erschlägt als in des Schicksals Buch gezählt sind, Die jede Form und viele Namen trägt.

Siehe mich an! von allen diesen Dingen War eins genug; drum staune nicht, daß ich Bin, was ich bin, – nein, daß ich jemals war Und, da ich war, daß ich noch bin auf Erden.

DER ABT.

Und dennoch, hör' mich – MANFRED.

Alter Mann, ich achte

Dein Amt, ich ehre deine Jahr' und halte Dein Streben fromm, – jedoch es ist vergeblich.

Glaub' mich nicht bäurisch: mehr um dich zu schonen, Als meinethalb, vermeid' ich jedes weitre Gespräch um diese Zeit, – und so, lebwohl!

Manfred geht.

DER ABT.

Der konnt' ein herrliches Geschöpf sein! – Er Hat alle Kräfte, die ein gut Gefäß Glorreicher Elemente bilden würden, Wenn man sie weise mischte. Wie es ist, Ist es ein furchtbar Chaos, Licht und Dunkel, Und Geist und Staub, und Leidenschaft und Reinheit, Vermischt und kämpfend ohne Ziel und Ordnung, Schlafend, oder zerstörend. Er zerstört sich – Und doch – er darf nicht! ich versuch' es wieder!

Der ist des Rettens wert, und meine Pflicht Ist: alles wagen für gerechten Zweck.

Ich folg' ihm, – zwar behutsam, aber sicher.

Er geht.

Zweite Scene.

Ein anderes Gemach.

Manfred. Hermann.

HERMANN.

Ihr hießt um Sonnenuntergang mich warten; Sie neigt sich hinter das Gebirge.
MANFRED.

Schon?
Ich will sie sehn.

Er tritt ans Fenster.

Glorreicher Ball! der Abgott
Der jungen Welt, der starken, unerkrankten Urmenschheit, – Riesensöhn' aus der Umarmung Von Engeln und von Weibern, welche, schöner Als Engel, die verführten Geister lockten Zur Erde, bis sie nie rückkehren konnten.

Glorreicher Ball! du wurdest angebetet, Eh' deiner Schöpfung Rätsel offenbart war.

Du frühster Bote des Allmächtigen!

Du machtest auf Chaldäas Bergeshöhn Das Herz der Hirten fröhlich, bis in Psalmen Sie sich ergossen. Du sichtbarer Gott Und Stellvertreter jenes Unbekannten, Der dich zum Schatten wählte! – Haupt der Sterne Und Centrum vieler Sterne, das der Erde Bestand verleiht und mildert Farb' und Herz All derer, die in deinen Strahlen wandeln!

Vater der Jahreszeiten! Fürst der Zonen Und dessen, was drin lebt! – Denn fern und nah Hat eine Färbung unser Geist von dir, Wie unser äußrer Leib. – Du gehest auf Und scheinst und sinkst in Herrlichkeit! – Lebwohl; Ich seh' dich heut zuletzt. Mein erster Blick Voll Lieb' und Staunen war für dich, – so nimm Den letzten auch! nie wirst du Einem leuchten, Dem das Geschenk des Lebens und der Wärme Verhängnißvoller war. – Sie ist hinab...

Ich folge.
Er geht.

Dritte Scene.

Das Gebirge, Manfreds Schloß in der Ferne. Eine Terrasse vor einem Thurm. Dämmerung.

Hermann. Manuel und andre Diener Manfreds.

HERMANN.

Seltsam genug! – seit Jahren, Nacht um Nacht, Hielt er in diesem Thurme lange Wachen, Ohn' alle Zeugen. Ich bin drin gewesen, Wir alle sind es oft, doch war's unmöglich Aus ihm und seinem Inhalt sichre Schlüsse Auf irgend was zu ziehn, wohin sein Forschen Gerichtet sei. Zwar giebt es eine Kammer, In welche niemand kommt. Ich gäbe gern Drei Jahre meines Lohns, um ihr Geheimniß Ausspähn zu können.

MANUEL.

Solches wär' gefährlich; Begnüge dich mit dem, was du schon weißt.

HERMANN.

O Manuel, du bist alt und weis' und könntest Viel sagen. Du hast in dem Schloß gewohnt, Wie lang ist's her?

MANUEL.

Noch eh' Graf Manfred lebte.

Dem Vater dient' ich schon, dem er nicht gleicht.

HERMANN.

Gar manche Söhne sind in diesem Fall; Was war ihr Unterschied?

MANUEL.

Ich meine nicht

Gestalt und Züge, sondern Geist und Art.

Graf Sigismund war stolz, doch frei und heiter, Ein Krieger und ein Zecher; nicht verkehrt' er Mit Einsamkeit und Büchern, pflog des Nachts Nicht düstrer Wache, sondern heitren Schmauses, Noch lust'ger als bei Tag; lief nicht durch Wald Und Schluchten wie ein Wolf, und mied die Menschen Und ihre Freuden nicht.

HERMANN.

Verwünscht die Stunde!

Das war vergnügte Zeit! Wann kehrt sie wieder Für jene alte Mauern? Sieht's nicht aus, Als hätten sie's vergessen?

MANUEL.

Diese Mauern

Muß erst ein Andrer erben. O, ich sah Seltsame Dinge, Hermann.

HERMANN.

Komm, sei gut:

Erzähl' mir etwas, um die Wacht zu kürzen.

Ich hörte dich von Dingen dunkel reden, Die hier geschahn, bei diesem selben Thurm.

MANUEL.

Ja, das war eine Nacht! – Ich weiß es deutlich: Es war wie jetzt die Dämmerung und solch Ein Abend. Dort, die rote Wolke lag Auch damals auf des Eigers Zackenhaupt, So gleich, als wär's dieselbe noch. Der Wind Kam schwach und stoßweis', und der Alpenschnee Begann zu glitzern, wie der Mond heraufkam.

Graf Manfred war, wie jetzt, in seinem Thurm, Womit beschäftigt, wußte niemand, – mit ihm Die einzige Gefährtin seines Wachens Und Wanderns, – sie von allem, was da lebte, Das Einzige, was er zu lieben schien, Wie freilich er durch Blut verpflichtet war, Gräfin Astarte, seine.... Still, wer kömmt?

Der Abt tritt auf.

DER ABT.

Wo ist Graf Manfred?

HERMANN.

Dort, in seinem Thurm.
DER ABT.
Ich muß ihn sehn.
MANUEL.
Es ist unmöglich, Herr.
Er ist in strengster Einsamkeit und läßt Sich so nicht stören.
DER ABT.
Auf mich selber nehm' ich
Die Folgen meiner Schuld, wenn Schuld es ist.
Ich muß ihn sehn.
HERMANN.
Du sahst ihn diesen Abend Schon einmal.
DER ABT.
Hermann, ich befehle dir: Poch' an, und sag' dem Grafen meine Nähe.
HERMANN.
Wir wagen's nicht.
DER ABT.
Es scheint, ich muß der Herold Des eignen Zweckes sein.
MANUEL.
Halt, frommer Vater!
Ich bitt' Euch, bleibt!
DER ABT.
Was meinst du?
MANUEL.
Geht nur hier;
So will ich alles sagen.
  Alle ab.

Vierte Scene.

Im Thurm.

Manfred allein.

MANFRED.

Die Sterne treten vor, – der Mond steht über Den Gipfeln schneebedeckter Berge. – Pracht-
voll!

Noch hält Natur mich fest; mir war die Nacht Ja ein vertrautes Antlitz als der Menschen;
Ich hab' in ihrem goldgestirnten Schatten, Voll dämmriger einsamer Lieblichkeit, Die Sprache
einer andren Welt gelernt.

In meiner Jugend, ich erinnre mich,

Als ich noch wanderte, da stand ich auch In solcher Nacht im Bau des Colosseums, Umringt
von Resten des allmächt'gen Rom.

Die Bäum' an den gebrochnen Bögen wogten Schwarz in der blauen Mitternacht; es glänzten
Die Sterne durch die Mauerspalte; fern, Jenseits der Tiber bellten Schäferhunde, Und näher,
aus der Burg der Kaiser, kam Der Eule langer Schrei, und unterbrochen Entfernter Wachen
abgerissnes Singen, Im sanften Wind' anschwellend und verwehend.

Jenseits der zeitgehöhlten Bresche schienen Ein Paar Cypressen fern den Horizont Zu säu-
men, die in Pfeilschußnähe standen.

Wo die Cäsaren wohnten, wo der Vogel Der Nacht gesanglos wohnt, in einem Hain, Der
durch gestürzte Mauerzinnen sprießt Und seine Wurzeln schlingt um Kaiserherde, Maßt Epheu
sich des Lorbeers Heimat an.

Jedoch des Fechters blut'ger Circus steht, Ein stolzer Rest, in trümmerhafter Hoheit, Indeß
die Säl' Augusts und Cäsars Hallen Unkenntlichen Verfalls im Staube kriechen.

Und du, o wandelnder Mond, beschienst dies alles Und warfst ein weites, zartes Licht dar-
über, Die graue Herbheit holpriger Verwüstung Sanft mildernd, und von neuem, wie es schien,
Die Lücken von Jahrhunderten ergänzend, Schön lassend, was schön war, und das verschönend,
Was minder schön war, bis die Stätte selbst Zur Andacht ward und überfloß das Herz In stum-
mer Ehrfurcht vor der alten Größe, Den todten Scepterträgern, deren Grab Noch unsern Geist
beherscht. – So war die Nacht!

Seltsam, das ich mich ihrer jetzt erinnre!

Doch oft am wildesten fliehn die Gedanken

Gerade dann, wenn sie in stiller Ordnung Sich sammeln sollten.

Der Abt tritt auf.

DER ABT.

Theurer Herr, ich bitte

Erneute Nachsicht für dies zweite Nahn, Und mein bescheidner Eifer kränk' Euch nicht
Durch seine Schroffheit. Was er Böses hat, Das fall' auf mich; das Gute seiner Wirkung Treff'
Euer Haupt, – o, könnt' ich sagen, Herz!

O, rührt' ich *das* mit Worten oder Flehn, Gerettet würd' ein edler Geist, der irrt, Doch
nicht verloren ist.

MANFRED.

Du kennst mich nicht.

Mein Buch ist voll, gezählt sind meine Tage.

Entferne dich! Zu bleiben ist gefährlich.

DER ABT.

Bezweckst du mir zu drohn?

MANFRED.

Ich drohe nicht;

Ich sage nur, es ist Gefahr im Anzug, Und säh' dich gern verschont.

DER ABT.

Was meinst du?
MANFRED.
Siehe,
Was siehst du?
DER ABT.
Nichts.
MANFRED.
Ich sage, dorthin blicke, Und fest. Nun sage mir: was siehst du dort?
DER ABT.
Was mich erschüttern sollte. Doch mir bangt nicht, Ich seh' ein dunkel furchtbar Wesen steigen, Gleich einer Höllengottheit, aus der Erde,
Die Stirn verhüllt vom Mantel und der Leib Gleichwie in finsteres Gewölk gekleidet.
Es stellt sich zwischen uns, – jedoch mir bangt nicht.
MANFRED.
Auch wird es dich nicht kränken; doch sein Anblick Kann deine alten Glieder tödtlich lähmen.
Ich sage dir, hinweg!
DER ABT.
Und ich erwiedre,
Nie, eh' ich nicht gekämpft mit diesem Teufel!
Was thut er hier?
MANFRED.
Freilich, was thut er hier?
Ich rief ihn nicht. Er ist hier ungeheißen.
DER ABT.
Weh dir, Verlorner! Was mit solchen Gästen Hast du zu thun? Ich beb' um deinetwillen.
Was blickt er so auf dich und du auf ihn?
O, er enthüllt sein Antlitz, – auf der Stirn Sind Donnernarben eingeprägt, – es flammt Aus seinem Aug' Unsterblichkeit der Hölle!
Hebe dich weg!
MANFRED.
Sag' an, was sollst du?
GEIST.
Komm!
DER ABT.
Wer bist du, Unbekannter? rede – sprich!
DER GEIST.
Der Genius dieses Manns. Komm, es ist Zeit.
MANFRED.
Ich bin gefaßt auf alles, doch ich leugne Die Macht, die mich entbieten will. Wer schickt dich?
DER GEIST.
Du sollst es wissen. Komm!
MANFRED.
Ich habe Wesen
Weit höhren Stoffs, als du es bist, geboten, Mit deinem Herrn gekämpft: – heb' dich von hinnen!
DER GEIST.
Mensch, deine Stunde schlägt. Ich sag', hinweg!
MANFRED.
Ich wußt' und weiß, daß meine Stunde schlug, Doch meine Seele weicht nicht deines Gleichen.

Fort! Ich will sterben wie ich lebte, – einsam.
DER GEIST.
So muß ich meine Brüder rufen. Naht!

Andre Geister steigen empor.

DER ABT.
Hinweg, ihr Bösen! – hebet euch von hinnen!
Ihr habt nicht Macht, wo Andacht mächtig ist, Und in dem Namen dessen...
DER GEIST.
Alter Mann,
Wir kennen uns und unser Amt und deins.
Verschwende deine frommen Worte nicht, Es wär' umsonst. Der Mann hier ist verfallen.
Noch einmal ruf' ich ihm: hinweg! hinweg!
MANFRED.
Ich biet' euch Trotz! ich fühle wohl in mir Die Seele ebben, – dennoch biet' ich Trotz, So lang noch Menschenatem in mir ist, Verachtung euch zu atmen, Menschenkraft Zu ringen, selbst mit Geistern. Was ihr nehmt, Sei Glied um Glied genommen.
DER GEIST.
Widerspenst'ger!
Ist dies der Zaubrer, der die Geisterwelt Durchschreiten wollt' und sich zu unsres Gleichen Beinah erheben? bist du so ins Leben Verliebt, in dieses selbe Leben, das Dich elend machte?
MANFRED.
Falscher Geist, du lügst!
Mein Leben steht an seinem Ziel, *das* weiß ich; Nicht einen Augenblick möcht' ich's verlängern.
Nicht mit dem Tode kämpf' ich, nur mit dir Und deinen Engeln. Meine frühre Macht Erkaufte kein Vertrag mit deiner Rotte, Nein, hohe Wissenschaft, Casteiung, Wagniß Und langes Wachen, starker Geist, Erfahrung Im Wissen unsrer Väter, – als die Erde Menschen und Geister sah beisammen wandeln Und euch kein Vorrecht gab. Ich stehe hier Auf eigner Kraft, – verleugne, trotze, spotte, Veracht' euch.
DER GEIST.
Deine vielen Sünden aber, Sie machen dich...
MANFRED.
Was kümmern diese dich?
Bestraft man Sünden nur durch neue Sünde Und nur durch größre Sünder? Fort zur Hölle!
Du hast nicht Obmacht über mich, *das* fühl' ich; Du wirst mich nie besitzen, *das* erkenn' ich.
Was ich gethan hab', ist gethan. Ich trage Qual in mir, die nichts borgen kann von deiner.
Der Geist, der ewig ist, macht aus sich selber Den Lohn für gut' und sündige Gedanken, Ist selbst des Bösen Ursprung und das Ende, Sich selber Raum und Zeit: sein innres Fühlen, Wann erst vom Fleisch erlöst, borgt keine Farben Von den vergänglichen Gestalten draußen, Nein, gehet auf in Leiden oder Wonnen, Die das Bewußtsein seines Werts gebiert.
Du hast mich nie versucht, du konntest nie; Du ködertest mich nicht, noch fängst mich jetzt.
Ich selbst war mein Zerstörer, und ich will's Auch künftig sein. – Zurück, besiegte Teufel!
Die Hand des Todes liegt auf mir, – nicht eure.

Die Dämonen verschwinden.

DER ABT.
Wie bleich du bist! die Lippen werden weiß, Und deine Brust fliegt: deine Töne röcheln Im ächzenden Schlund. Gieb dein Gebet dem Himmel, Wenn auch nur in Gedanken, – stirb nicht so!
MANFRED.
Vorbei! mein dunkles Auge sieht dich nicht, Doch alles schwimmt um mich, – die Erde scheint Zu wogen unter mir. Gehab' dich wohl – Gieb mir die Hand!

DER ABT.
Kalt, kalt, bis an das Herz!
Nur ein Gebet noch! – Ach, wie steht's mit dir?
MANFRED.
Zu sterben ist so schwer nicht, alter Mann.

Manfred stirbt.

DER ABT.
Todt! – Seine Seel' ist dieser Erd' entflohn, – Wohin? – Mich graut's zu denken. – Es ist aus.

www.ingramcontent.com/pod-product-compliance
Lightning Source LLC
LaVergne TN
LVHW021011200726
843506LV00012B/2284